Timothée

Marie-Agnès Gaudrat est née en 1954 à Paris. Après des études de lettres et de sciences, elle débute chez Bayard Presse à qui elle est restée fidèle : elle est aujourd'hui rédactrice aux revues *Popi* et *Pomme d'Api*. Maman de trois jeunes enfants à l'esprit aventurier, elle rêve de les entraîner à la découverte du monde. En attendant, elle écrit pour eux... et pour tous les autres ; ses albums sont publiés par Centurion.

Du même auteur dans Bayard Poche :
La coricotte (Les belles histoires)

Colette Camil est née à Paris. Diplômée de l'ESAG (École supérieure d'arts graphiques), elle devient illustratrice, travaille essentiellement pour la presse (Bayard Presse), mais aussi pour l'édition. Ses ouvrages sont publiés chez Hachette, Robert Laffont, Centurion.

Du même illustrateur dans Bayard Poche :
Helen, la petite fille du silence et de la nuit - Basile le robot, Les trois sorcières (Les belles histoires)
et *Ivan le Magnifique* (J'aime lire).

Bayard Éditions est une marque
du Département Livre de Bayard Presse
ISBN 2. 227. 72163. 4

Timothée, fils de sorcière

Une histoire écrite par Marie-Agnès Gaudrat
illustrée par Colette Camil

BAYARD ÉDITIONS

Une sorcière,
c'est très facile à reconnaître :
ça a un long nez, souvent gros,
les oreilles un peu décollées
et un balai, caché
le plus souvent dans sa cuisine.

Mais ça se reconnaît surtout
à sa manie de tout changer :
ça change les princes en crapauds,
les crapauds en petits pots,
les petits pots en poireaux,

et quelquefois,
pour donner un coup de main aux fées,
ça rechange les poireaux en princes !
C'est beaucoup de travail
pour en revenir au point de départ.

Oui, mais la devise des sorcières c'est :

À FAIRE ET À DÉFAIRE,
ON N'EST PAS À RIEN FAIRE !

Timothée Youplaboum
était fils de sorcière,
petit-fils de sorcière,
arrière-petit-fils de sorcière,
mais lui : pas sorcier pour deux sous !

Au moment même où il est né,
c'était déjà tout raté!
Un garçon, voyez-vous ça,
alors qu'on avait toujours été sorcière
de mère en fille dans la famille!
Pour se consoler, sa maman répétait:
– Notez qu'il n'est vraiment pas beau,
on dirait un crapaud!
Seulement, les nouveau-nés
sont toujours chiffonnés,
ça ne veut pas dire qu'en grandissant
ils ne deviennent pas de beaux enfants.
C'est ce qui arriva à Timothée:
à deux ans, il était beau comme un cœur,
et gentil avec ça!

À quatre ans, pour faire plaisir,
il transformait déjà
les potions* de sa maman
en mousse au chocolat.
Comme ça, tout simplement,
en rajoutant des ingrédients*,
en s'appliquant et en touillant !
À table, ses trois sœurs,
toutes plus sorcières
les unes que les autres, s'écriaient :
– C'est pas avec ça
qu'on changera un prince en crapaud,
mais en attendant,
qu'est-ce qu'on se régale !
Et la maman de Timothée
lui passait la main dans les cheveux
en disant :
– C'est bon, mon chéri, c'est très bon,
mais il va falloir que tu apprennes
à faire des potions !

* Ces mots sont expliqués page 45, nos 1 et 2.

Timothée ne voulait pas.
Il voyait bien ses trois sœurs
apprendre par cœur
des kilomètres de formules magiques.
Il les entendait répéter :

YAKA YAKA YAKA ATRAPÉ UN CRAPO.

(Ça, c'est la formule
pour attraper les crapauds.)

YAPU YAPU YAPU KA L'CHANGÉ EN P'TIPO.

(Ça, c'est la formule
pour les changer en petits pots.)

Mais non, décidément,
Timothée, lui, ne voulait pas.
Sa mère était très embêtée :
elle ne pouvait plus aller
avec lui
à ses réunions de sorcières,
parce qu'on le regardait
d'un drôle d'air.

Elle ne pouvait pas non plus
l'accompagner à la crèche des fées,
parce que là,
c'est elle qu'on regardait de travers !

Un soir, elle s'en alla demander conseil
à la plus vieille des sorcières, qui lui dit :
– Vous êtes sa mère, vous êtes sorcière,
il n'y a pas à tortiller*,

* Ce mot est expliqué page 46, n° 3.

vous devez en faire un sorcier.
Mais puisque vous êtes trop faible
pour vous faire obéir, mettez-le
dès demain en pension chez les sorciers.

Le lendemain,
sur le chemin de la pension,
de grosses larmes coulaient
le long du nez
de la maman de Timothée.

En voyant Timothée, le directeur dit :
– Pas de gros nez,
pas de verrue* sur le visage,
c'est dommage !
Mais comme Timothée
était d'une grande famille de sorcières,
le directeur décida de le garder.

* Ce mot est expliqué page 46, n° 4.

Il paraît qu'aujourd'hui encore
le pauvre homme
s'en mord les doigts*.
C'est que, gentil comme il était,
Timothée s'est fait plein d'amis
et que, petit à petit, tous ses amis
sont devenus affreusement gentils,
terriblement polis,
épouvantablement bons cuisiniers,
mais pas du tout sorciers !

* Cette expression est expliquée page 47, n° 5.

Au bout d'un an,
Timothée était renvoyé chez lui
avec un bonnet de fée sur la tête
et une pancarte accrochée
dans le dos,
sur laquelle on pouvait lire :
« Beaucoup de bonne volonté,
incapable de méchanceté,
impossible d'en faire
un sorcier. »

BEAUCOUP
DE BONNE VOLONTÉ
INCAPABLE
DE MÉCHANCETÉ
IMPOSSIBLE
D'EN FAIRE
UN SORCIER

En voyant Timothée arriver,
sa maman pleurait de joie.
Timothée, lui,
avait du mal à la reconnaître,
car la pauvre femme
avait beaucoup changé !
Elle était restée avec ses trois filles,
toutes plus sorcières
les unes que les autres.

Et à chaque fois que la première
avait un travail à faire,
elle récitait la formule magique :

YAKA YAKA YAKA
LE DONÉ A MAMAN.

À chaque fois que la seconde
avait fait un affreux cauchemar,
elle récitait la formule magique :

YAKA YAKA YAKA
RÉVÉYÉ MAMAN.

Et à chaque fois que la troisième
était de mauvaise humeur,
elle récitait :

YAKA YAKA YAKA
ENKIKINÉ MAMAN.

Si bien que la pauvre femme
était devenue complètement chèvre*.
Bien sûr, elle aurait pu
jeter un mauvais sort à ses filles
pour les punir.

Mais on n'a jamais vu une mère,
même sorcière,
transformer ses filles en crapauds !
Alors...

* Cette expression est expliquée page 47, n° 6.

Alors,
Timothée est rentré
et, sans potion,
sans formule magique,
il a tout remis en ordre.
Il a donné
quelques coups
de pied
dans le derrière
de ses sœurs-
sorcières.

Et elles ont compris, miraculeusement,
que vraiment, vraiment,
elles avaient exagéré avec leur mère.

Alors, tout en fredonnant :

À FAIRE ET À DÉFAIRE
ON N'EST PAS À RIEN FAIRE,

elles se sont mises à bichonner,
à câliner leur petite mère !

Un soir, la maman de Timothée lui dit :
– Mon chéri,
à voir comme tu as tout changé
depuis que tu es rentré,
je commence à me demander
si tu ne serais pas une fée !
Alors là,
Timothée lui a franchement ri au nez.
Il lui a dit :
– Voyons, maman,
une fée, c'est très facile à reconnaître :
ça a des cheveux blonds, très très longs,
des grands yeux bleus, un petit menton
et ça cache toujours quelque part
une baguette magique.
Sa maman se dit :
– C'est pourtant vrai.

Mais alors ?
Si Timothée
n'est ni une sorcière ni une fée,
c'est donc qu'il n'y a pas qu'elles
qui peuvent tout changer !

LES MOTS DE L'HISTOIRE

1. Une **potion**
est un médicament à boire,
fait de plusieurs produits mélangés.
Les sorcières font des potions magiques.

2. De la farine, du sucre,
du beurre, des œufs,
ce sont les **ingrédients**
qu'il faut mélanger
pour faire un gâteau.

3. Pour **tortiller** une chose, on la tord,
on la fait tourner plusieurs fois.
Il n'y a pas à tortiller,
c'est une petite phrase drôle
qui veut dire :
il ne faut pas faire de détour,
il faut se décider.

4. Les **verrues**
sont des espèces de petites boules
dures et pas belles
qui poussent quelquefois sur la peau.
Les sorcières
en ont souvent une sur le bout du nez !

5. Quand on fait
quelque chose qu'il
ne fallait pas faire
et qu'on le regrette
parce qu'on a
trop d'ennuis,
on dit
qu'**on s'en mord les doigts.**

Et quelquefois, on les mord vraiment
tellement on est embêté !

6. Quand il faut faire
trop de choses à la fois,
on n'a plus le temps de réfléchir,
on a l'impression de devenir bête.
On dit qu'on devient **chèvre.**

Achevé d'imprimer en février 1993 par Ouest Impressions Oberthur
35000 Rennes - N° 13691
Dépôt légal éditeur n° 1432 - Mars 1993
Imprimé en France